執手

在蘭陽平原

吳茂松 詩集

序，非序——代序：

喜讀散文家、詩人吳茂松詩集《執手——在蘭陽平原》有感

林煥彰

○、序，非序

我這篇文字，題目是有夠怪有夠長，在我讀過的書中，是不曾見過、不會有人這樣亂來為人寫序，所以我自認為我要為詩人吳茂松《執手——在蘭陽平原》寫序，是不夠格的，可是我收到他line問我可不可為他將要出版的詩集寫序時，卻一口答應了！我是基於我們同是宜蘭人，又自認為我是喜愛詩的，我是不可推辭的；可答應了之後，我才開始後悔，後悔一方面，我一向慢動作，讀得慢，寫也慢，又加上手邊還有兩篇序晾著待寫，我要如何克服？……

一月十六收到書稿，次日開始讀，二月二日中午讀完，想馬上寫，又拖過兩三天，現在是二月四日清晨，自己告訴自己，我不能再拖了，才逼著自己動腦動手寫下這不三不四的題目！

我為什麼要用〈序，非序——代序……〉這樣的題目？實在不是自己心虛，因為慢慢讀完茂松七十七首詩之後，我直覺體會他和他的詩，是非常豐富的，太值得細細品讀、細細玩味，我如何能為他和他的詩的成就寫出一二？因此，我想到了我能寫的「序」，不是序，只能權充稱為「代序」，而最大的心意，應該是表達了我作為先讀者的讀者之一，我真摯敬佩與祝賀之意。

一、從親情出發

品讀詩人吳茂松的詩《執手——在蘭陽平原》詩集，在我是一大豐收；這本詩集，分為四輯：輯一生養、輯二噫氣、輯三人間、輯四無邪；我深深感受和領會，依序是：從親情出發，從土地出發，從靈性出發，從生活出發；當然，我這樣概分他四輯的題材和內涵，是太單純了，而實際茂松的詩的意境，是非常豐富的，我從他的詩獲得了很大的啟發和感悟；既平易卻深邃的人生哲理，處處在在引發我新鮮愉悅的想像。

若要分輯來說，寫親情的輯一，每一首在我讀來，他與失智老母相處和照料，他是一個大孝子，一舉一動，每一個文字，都是刻骨銘心的；如〈刀語〉、〈複習〉、〈學步〉、〈梳髮〉、〈擁抱〉、〈不知母親節的母親〉等等，其親情、孝心……躍然紙上，觸動心弦，幾乎是經典的經典，無一不令人感同身受，既感動又心疼，久久……

二、從土地出發

再如輯二噫氣；詩寫，我和茂松，我們共同生長的土地，蘭陽平原，他出生農家，世代務農，我也出身農家，同樣世代務農，可在茂松的詩裡，他才是真正的活在這塊土地，讀他的與地景有關的詩，從土地出發，在他筆下，地理人文瞭如指掌，又觀照入微，細寫篇篇如畫的詩篇，我是自嘆不如的；如以〈調色盤〉組詩五首小詩為例，茂松即不愧為老農又不愧為詩人學者，不失老農本色的厚實、純真，詩句字字叩入心弦，跳動不已，而其中又有如〈貢寮割稻記〉六十多行長詩，更是體現了早年蘭陽農家人熱心助割、誠厚樸實的農家漢子的本色，每一首都值得細細再讀，句句值得慢慢咀嚼；他就是我們蘭陽、農家出身的詩人代表和榜樣……

三、從靈性出發

續讀：輯三人間；我說他從靈性出發，當然也與蘭陽平原地理人文息息相關，有人有物有地理，仍然有著顯著的蘭陽樸實、不滅的濃厚人文、人情風味有關，以〈烏石港〉這首具代表性的、與先民開發蘭陽的歷史背景不可分割，尤其他成功的詩寫的藝術性成就，對於庶民人物的觀察、融入，細微入骨，剔透人性，悟出人生，悟出宇宙天地之情，令人折服！人間一件極平常事，也能經他積累人生意義的體悟，而成就一首首感人肺腑的美好詩篇，豈是偶然？詩人自然不是天生的，我認為詩人吳茂松，他是謙虛、躬親的日日體悟，長久轉化、淬煉成詩。而成功的詩作又何止〈烏石港〉一首？我們再續讀〈說話〉（三首小組詩）、〈看招〉（五首小組詩）、〈老人與老狗〉、〈流浪者之歌〉、〈穿衣〉、〈衣之頌〉、〈衣裳〉、〈點名〉、〈酸〉……，無一不令人想一讀再讀！

四、從生活出發

最後品讀：輯四無邪；我和茂松老師的關係，是「悅聽文學」的關係，開始與他執教宜蘭高中時，之後知道他寫過文章談他讀我的詩，是很用心的寫，寫了滿長的一篇，似乎也拿它當作在他課堂上當教材的，和他學生分享；那時，我只知他是寫散文的散文家吳茂松；再之後，見面的機會就逐漸多了起來，卻也一直沒有機會長談過；他一直是冷靜的，盡責的在做他每次參與蘭陽活動的與蘭陽藝文有關的事務，我看到的他，都是靦腆的、微微的笑著，謙虛的、默默的、有禮貌的微笑著……，是不講話的笑，這是我對他的印象，這是我和茂松的關係；這回有機會讀他的詩，我才真正認識了道地的詩人吳茂松，又是一位道地的宜蘭人，是教師退休後的、忠厚老實的我們蘭陽的「老農」，是我由衷十分敬愛和讚佩的詩人！

詩人吳茂松是誠摯忠厚的；我讀到了他詩中、生命中的老莊，也讀到了他心中的陶淵明；讀他的無邪，讀他的珍貴的生命的哲學。詩如：〈宜蘭「旅，二手書店」〉、〈關於11路車〉，讀他的〈心情〉、〈日常〉、〈有風吹過〉、〈渴望〉與〈生活〉……無一不深深感受到：一個純正詩人的真誠與無邪……，他的詩的好，是本質的純真之外，他的語言樸實真摯又處處意象新鮮、自然；除外，他又擅用國臺語（閩南語）成功而準確、巧妙的融合，展現了獨特又純正的生活語言的趣味！

五、讀後感

這是我的讀後感……

我由衷恭喜《執手——在蘭陽平原》亮麗出版。

二〇二〇・二・六　A・M　11：22於研究苑

自序

吳茂松

自古，詩有興、觀、群、怨、事父、事君，多誌鳥獸草木之名等等，包括純文學和非文學的作用。孔子更說「一言以蔽之：詩無邪」把詩歌創作的本質為「真」朗現出來。自內心真實感受的原點出發，經由發酵、想像、推引、聯結，諸多感性與理性的發揮，加上形式、手法運用，創作出不同形式的文學。從《詩經》、《楚辭》、古詩、唐詩、宋詞、元曲以來，大抵如是。

就現代詩而言，除了表現手法有各種主義，如寫實、象徵、現代、後現代……，形式也多元，如分行、截句、散文、圖像……等等。但仍不出「真」的本義。

多數的文學形式，在真的原點上啟程，走出自己多采多姿的世界；加上現代資訊科技插足的層面很廣，文學天地也因此繁複燦爛。

但或許作者、讀者看見繁花似錦的盛況，逐漸忘記它原是植根於素樸的土壤，原是簡易而雋永。如，個人向來喜歡的〈擊壤歌〉：

日出而作，
日入而息。
鑿井而飲，
耕田而食。
帝力於我何有哉！

文字簡單，前四句充滿堅定不移的節奏，寫出具有力道的現實生活（就平仄而言，四句末字都以入聲字為仄），最後一句則是相對較長而語氣舒緩的句子，表達在一日農作之後，閒下來的片刻，理性對生活起了觀照、分析的自我對話；並且說出不受外在束縛，過著也許貧儉但生活自足、也許沒有功名但心志自由的生活。

另外一首〈箜篌引〉的樂府詩，個人也很喜歡：

公無渡河，
公竟渡河。
墮河而死，
當奈公何！

全首詩由每句都是意象組成事件的始末，第四句也是，可以想像敘述者對發生事故的「公」哀嘆不已的樣子。每一句又都是事件的轉折，各代表一種情境：勸戒、執拗、亡故、悲疑。那是非常驚人的成就，短短十六個字完整而跌宕地描述一樁事件；更甚者，以簡潔的敘事文字，建立了讀者可以馳騁想像的空間。勸「公」不要渡河，河水是如何湍急，急切的勸者與公是什麼關係？「公」為何執意渡河，如何渡河？明知不可為而為，是瘋是狂是醉？落水而亡，屍首何處？悲傷疑惑的人，感情究竟是單純的悲嘆，或帶著批判、自責或諷刺？

精彩極了，一首純粹敘事短詩，竟有這般引人思緒翻騰不已的內在魅力。

已故詩人余光中就曾有一首收在《余光中詩選：1949-1981》中改寫的〈公無渡河〉：

公無渡河，一道鐵絲網在伸手
公竟渡河，一架望遠鏡在凝眸
墮河而死，一排子彈嘯過去
當奈公何，一叢蘆葦在搖頭

一道探照燈警告說，公無渡海
一艘巡邏艇咆哮說，公竟渡海
一群鯊魚撲過去，墮海而死
一片血水湧上來，歌亦無奈

余光中寫於一九七六年的〈公無渡河〉，說的是中國大陸人民當時出走香港的偷渡潮，也全用意象添註成不同密度的詩——變換樂府原詩的位置，並重複之。此外，如果樂府詩〈公無渡河〉中渡河的「公」是為一種理想，雖千萬人仍勇往，則與余光中詩裡人民渡海追求自由，有了另一個為理想而渡的共同點。

援引這兩首，看似一野一文的樂府詩，除了文字淺暢易懂，最主要想說的是，它們都是用意象寫成的敘事詩，而且都是具體的意象。也是做為個人脾性，和拙於用象徵、隱喻、曲複等的手法寫詩的藉口，而有上面這些引言。但以《執手——在蘭陽平原》的內容而言，寫作當下發酵真誠感受、盡心搜索枯腸，是無疑的。至於文字技巧、意象取裁、手法粗細、境界高低，則受限於才情，就只能讓這本詩集任其在大千書海中載浮載沈了。

《執手——在蘭陽平原》數年間的詩作，略分四輯，輯中不以內容性質而以寫作時間為序。

輯一「生養」，借莊子的〈養生主〉篇名一用，專寫陪伴失智老母親的點滴感受，八十多歲老母親是我生命所出，是我生命之主。母親俗名「阿尾」，到了失智重度時，對這個名字比較會有反應，叫她阿母、老媽都不答不應，子女們就以阿尾整天呼叫她，大妹總說我們是最沒禮貌的子女。母親天性溫婉，即使失智也幾乎沒有惱怒，溫和地讓照顧的人感到幸運。但她仍然有一些細微的心緒，尤其因累及別人照護而不捨，想早點離開，她那令人酸疼的心思。

輯二「噫氣」，也是借莊子書中〈齊物論〉「大塊噫氣，其名為風」的詞。大塊，是大地；噫氣，是大地的聲音。這裡縮小為生活所在的蘭陽平原，取平原上的事物，表達對自然的某種傾向。

輯三「人間」，則略去莊子〈人間世〉一字，大多是生活中的見思，有情有景，也雜進幾首諷諭，似是混亂但還符合人間本來百態的現象。《執手》詩集的副題，應責任編輯乃文的建議，加上「在蘭陽平原」，除了因題材大多在蘭陽平原，也有讓詩集聚焦的意思。其實有少數幾篇是例外。二〇一八年的二月，在臺南鹽水溪畔的自行車道，偶遇一位以單車浪跡天涯的街民。那天清晨微寒，他露宿觀景臺一隅醒來，無視早起運動的各色人等，伸伸手腳、乾擦黝黑的臉、面對河水放尿……。與他相處幾十分鐘，我內心的複雜難以言喻，大概有悲憫其遭遇、羨慕其自在、嘆服其勇氣，也不平社會差異的種種情緒。因此印象深刻而有〈流浪者之歌〉，也記下當時自己的心情。

輯四「無邪」，歸納較以個人感性出發的詩作。不論感性如何，是否泛濫、矯揉，或有點自以為是，卻是無邪的一時情志。

說來，寫成一首首的詩到想集結為書，過程對個人而言是玄妙的。

不甘寂寞有之，想留點什麼；

苦悶有之，每個人總有幽微的角落，別人無法觸及；

自慰有之，在自覺完成一首詩時，好像卸下腹中積物，有種痛快感；

歉咎有之，取了許多未經同意的材料，把苦樂建立在別人的經歷上；

境界也有一點點，完成後付梓，付梓後有多少雙眼睛青睞，說實在，不在意大於在意，等於不太在意（容我戲謔地玩繞舌）。

當然，如果多些讀者，不至於成為出版社拒絕往來戶；甚至有人得到其中一點觸發，使他的日常或人生因此些微改變，也是樂見。

常想起徐志摩寫給恩師梁啟超先生書信上的名言：「得之我幸，不得我命」。雖然徐志摩說的是他追求靈魂伴侶的態度，但擴大用之，凡事抱持這種介於儒道間的哲學，勤懇於過程，淡然於結果，所謂「且問耕耘，莫言收穫」，如是對於結果比較能豁達看待。

還有個想法。每個作家嘔心瀝血的作品，即使再怎麼私人的創作，看似與別人無關，但追究起來還是與他人不無關係，因為一日之所需，百工斯為備啊；一字句、一詩文的誕生，是我們所處的家庭、社會、自然供給而成，何況是一本書。是以，

感謝林煥彰老師寫序鼓勵後輩；

感謝秀威編輯部的許乃文小姐，溫柔敦促，用心編輯；

感謝秀威願意少慮成本收益出版這本文學書，尤其是讀者相對較少的詩集。

感謝《九彎十八拐》創辦、發行的黃春明老師，時常督責要多寫出生地的故事小說；但也對老師抱歉，至今還怯於創作小說，只以新詩與散文勉強交代。

感謝家人，以及蘭陽平原乳我文學，以大塊噫氣，以靈秀山川人物……

還有讀者們。

二〇二〇・二

目次
contents

■輯二　噫氣

■ 輯三 人間

■ 輯四　無邪

輯一

生養

糙米

老母親總說
粗直的卡好，親像糙米
幼秀的，定定較愛彎翹

每當洗煮糙米
就想起這些話
與那幅多皺的眉目

二〇一六・七・三十一

蒼白

陪老父母定期抽血
序號，是眾血球解放的符碼
針管扎進來
習慣了三個月的禁錮
它們總是在出口猶豫
幾經迫打才前進一些

除了老父母
還有那些天沒亮就來排隊的老人
抽完血的蒼白

竟也在
抽過太多血的護理師
和我臉上

二〇一六・五・十

眼神

那是明顯的
一團白雪覆蓋下
藏不住的兩道光亮時不時射來
在我們身上探量
彷彿皮尺為了訂作新裝

那是敏銳的
粗黃多皺的表土上
兩個圓亮的發光體
隨時捕捉聲音所出

掃描我們刻意收斂的喜怒哀樂

這令人不安的眼神
我們怕言語的棘刺傷害它
也不讓說笑的震波漫溢
惟恐年久失修的堤岸潰散
沖毀僅存的靈魂窗口

其實，我們多慮了
不論多麼結構鏽蝕
不論失智症多麼霸道
老母親的眼神
究竟是恆溫的聚光燈

二〇一七・一・二十五

老母親

把時間坐老了
沒別的事
有的只是喉頸上
連續單音的嗯或啊，比心跳還慢
代替想說或不想說而無法說的

眼珠子也累了
翻閱前塵往事過久
就像生銹的輪軸
費力而遲緩

總是用打盹的次數標記沒讀完的頁碼

是否用盡力氣
掩擋別人的叨叨絮絮
於是耳朵愈來愈重
與不禁風的身骨成反比
連靈魂也瘦了一大圈

八十二歲老母親
光澤給人
留自己乾癟
以及兩歲牙牙的
學語聲

二〇一八・九・九

刀語

失智後的老母親
說話如一首一首斷裂的短詩
破碎的字詞鍛成鐵塊，落地
擲出沈重聲響
竄進我左心房彈跳
少有人懂
我卻理解
從埋進皺褶的溼紅眼睛
從枯竹般緊扣我臂的指掌
第一塊，我想

第二塊，我要
緊……轉去，第三塊
第四塊，唐……山
不給……大家，第五塊
第六塊，痲煩
哽咽聲，第七塊
它們最終鑄成一把鋼刀
割得我血淚俱下

二〇一八・四・十七

複習

第九天朝陽才收捲雨幕
人們看見雪山的青色稜脈
天空大掃除後
如老母親罕見的清澈雙眸
這是複習的良辰

你叫阿尾
我的名字松仔
她是你尚婧的查某子
一二三四五　六七八九

跟著唸一遍

題目很少
作答時間不限
秒針滴嗒，比你的心跳還快
繳卷後成績登錄
這張無一完題的答案卷
一百分

二〇一九・一・十四

學步

將八十年來收集的逐一放下
在數月之間已身無長物
唯時時坐成一尊佛像
老母親儼然悟得空理

來吧！還不到時候
執子雙手引汝傾身
我退你進
先左後右
並步

再左再右
一二，一二
無痕的圓弧轉身
漣漪就在小廳，在灶腳，在曬穀場
緩緩成圈，那些曾經熟悉的地方

換我作母　你是兒
我是導師　你是孩子，學步
我們把目標訂得很單純
一如日子過得愈來愈簡單

二〇一九・一・十四

執手

落坐你身旁，乃成
沙發上並肩的兩尊雕像
熟老與初老

右手握起你的左掌
躁動的眉頭舒靜下來
焦慮的哼唉變成咕嚕
我的體溫向你全身流灌
於是我們都鬆軟，揉捻
背部的弧線與沙發無間

一起回到過去
看見自己總是與你採取距離
劃分文野的界線
你關注的眼神和伸出的手
只是我呼吸的空氣

而今你白髮與皺紋的軀殼
埋藏一顆童稚的心靈
只因為我一隻手而禪定
我才知道，那些詞的深意——
母親、執子之手……

二〇一九・三・十

梳髮

二十二齒的黃楊木梳
不只是手指的延伸
也是雙足雙膝
在老母親的頂上朝聖叩拜
匍匐的心情自前至後
從左到右

爬梳被日子漂白的髮絲
分門別類——
柴米油鹽的

丈夫公婆的
妯娌姑嫂的
還有一些在重男輕女的社會裡
不可被知的感情獨白
佔最多絡的卻是八個子女
在貧困時代如何長大的焦慮
……………

那些種出黑亮繁茂的
沃土哪裡去了
在子女兒孫頭上
繼續烏亮

二〇一九・三・十四

擁抱

彷彿是
卸下近六十年的矜持
破除這個世紀還活在村落一隅的禁忌
我把心智還童的老母親
擁在懷裡——
因為是記憶庫裡相關第一筆資料
細節載得特別周詳，老母親的
眼神捻亮了百燭光
嘴角掛起一抹微笑在皺褶中波浪
曲瘦的背脊在我環抱的臂上抖動

兩腳悄悄交換因為驚喜而增加的重量
怎知是驚喜
除了微笑，老母親的指尖
正在我背上輕彈某種密碼
我確定存在過久的距離不再離距
於鬆開雙手時
我們的眼眶有溼紅的痕迹

二〇一九・三・十四

不知母親節的母親

少女的一九三〇
知道沙崙上撿番藷與花生
填塞茅廬下每副饑腸的一角
不知道倡議節日的安娜・賈維斯

青春的一九四〇
知道搓苧麻與針線的手活
攢積換取一條魚的代價
不知道有倡議成功的母親節

做人新婦的一九五三年後
知道公婆姑嫂妯娌
開門七件事的流水帳裡洶湧
不知道關於康乃馨的象徵

一九九〇
母親終於擁有自己的節日
不知道蛋糕、大餐和香石竹
只喜歡對著子孫瞇笑臉上的紋路

二〇一二年後母親把節日
還給安娜，其它也逐漸還諸天地
留下咿呀吐音的自己

讓我們知道　每一天都是母親節

二〇一九・五・十三

註：

①美國人安娜・賈維斯，於一九〇七年開始舉辦活動，申請將母親節成為一個法定節日。

②香石竹，康乃馨的學名。

還童老媽

無以印證或遺忘，嬰兒的「專氣致柔」
孩子長大，記憶也撤退了三十餘年
讀老子第十章時的疑惑就如潛龍
一潛多年，直到——

老媽回到三歲時
不再分人好壞，不再
事有對錯，不再物有美醜
我才記起童顏無邪的模樣
即使皺紋縱橫，斑點如棋局

當老媽愈來愈小時
無需言語諍辯，無需
指手畫腳，無需哭笑以鬧
我才覺得幼兒如一的心氣
即使滿頭斑白，清瘦枝枯

當老媽成為襁褓中的嬰兒
沒有頑強抗拒，沒有
大小聲嗽，沒有怒目白眼
我才了解柔軟的意義
只有微笑，蠕動似水的肢體
無法估量代價，還童旅程的啟動

需要丟棄許多東西，捨下
最不捨的聰慧，蟬蛻
所有的殼，才得以嬰兒乎

二〇一九・十二・十九

老母親・笑

返程的行李
愈來愈少，用不著的都已卸下
包含日常、不日常的心思……
老母親停在「不識之無」的驛站
對於周邊風景
沒有白牙可以咧嘴
唇角也不再上揚
眼尾的魚兒總想往下泅游
只有偶爾微之又微的淺笑
也是沒有峯谷的近乎橫線

如一尊，定而靜靜而安
安而不慮不得的觀音
當我們憶說某樁小事而笑
笑聲末端被老母親悄悄拾起
在話題即將叩上句點時
一聲春雷般驟然響起，在久枯長寂
的大地上，老母親大笑
引來一串轟然不斷
笑聲，彼未落此又起
宛如喜慶的鞭炮
雖是莫名，卻炸得暖烘烘
輪椅座上的老騎士於是顛
簸得通體舒暢，冷冷的血液
煮開了熱度，流竄臉上

所有的紋路紅潤起來
我們恍悟——
老母親斂藏著不擇地而出
嬰兒的朗笑

輯二

噫氣

北關的誓言

看似沒有語言
即使被山石磐岩阻撓
海潮與芳草的愛情
超出時空能夠註解的信諾
清楚可聞
他們純粹的吶喊與低訴
不論激情或蜜意
總是悅耳
讚嘆的是
人類出現前的亙古

海潮誓言鑄劍
削山成單脊，劃岩為豆腐
刻寫非文非字的情話
岸上腰身款擺的佳人
託寄風濤裡的甜甜加油聲
只需坐在一處岩上聆聽
便也，時為海潮時為芳草了

二〇一五・十一・三十

註：北關海潮公園，在頭城鎮更新里（舊名梗枋）。清代時設關駐兵，園內現存的兩座砲臺，約有一百八十年的歷史。沿著步道，可觀賞單面山、豆腐岩、海蝕平臺等造型獨特的地質景觀。有觀海臺，南望可以遠眺龜山島及蘭陽平原；近看則驚濤拍岸，自古即有「北關海潮」為著名蘭陽八景之一。清代噶瑪蘭廳通判烏竹芳有〈北關海潮〉詩：

蘭城鎖鑰扼山腰，雪浪飛騰響怒潮。
日夕忽疑風雨至，方知萬里水來朝。

竹安溪口的哲思

是一處津渡吧！
它們都在這裡準備出發

降生在不同山林
所有水氣各自慢慢長大
當圓潤如珠時
便滾進山谷匯聚
共鑿一條條水路
有時群聲呼喝在山石樹根之間
有時靜默潛伏在沙土裡

隨著地表的坡度，時疾時徐
於是有了福德溪、金面溪、得子口溪
當它們結盟為竹安溪時
穿過魚人和龜嶼的眼光沒有際限
它們謙卑遠行
沒有停歇，直到形體消失
不論自己留下多麼浩蕩的大洋

二〇一六・一・二十一

註：位屬宜蘭縣頭城鎮的竹安溪，是福德溪、金面溪、得子口溪匯聚而成，並由之入海。出海口有面積遼闊的溼地，北起頭城海水浴場南側，南至大福海濱遊憩區北側；秋冬時成千上萬的雁鴨科、鷸鴴科、鷺科和鷗科水鳥在這裡落腳、渡冬。出海口兩岸是熱門的釣點；沙灘上，時有牽罟活動。或見舢舨載著罟網，在遠處等待下網，於龜山島的襯映中，他們也成了風景。

倒影

船行青山上
椰子樹同時往下生長羽葉
繁花的顏色伸手可掬
獨飛的蒼鷺不再孤單
連夜空的星子們都照見了前世
那支頤的少年坐在白雲邊凝視
一群候鳥在田裡整容
即使在鏡子發達的時代
為了讓他們看見可能

水，靜靜地讓自己一動不動

二〇一七・二・二

註：末句「讓自己一動不動」原為「把自己消失」，依非馬老師的建議而改。

恙蟲病記

於你而言
我是擅闖叢林的尨然大物
擾起沙飛石走
惱得你穩穩蹲伏在發抖的葉尖
姿勢成沒人發現的狙擊手
於我而言
你是意識域外的毫末
不存在於靈魂視窗
我的無知是巨大格列佛
一擊，便成消餒的氣球

晝夜十多回耳語
焦痂的傷口
誇說你靜速狠準的戰果
發燒與畏寒全天候論證
不過是兇猛的感冒
何須放在鐵打的齒間折磨
多心的醫師望聞之後
柔聲切問：近日有無傷口
我俠氣以回：就一個圓點無痛癢如句讀
醫師的雙眼大聲說話
是肉眼難察的恙蟲傑作
細物啊，不可小覷
於是轉診大醫院感染科
於是七日抗生素作先鋒

於是——
格列佛逐漸回復正常尺寸
與眾生平等

朋友問：別來無恙？
我揭示遺跡：曾經恙過！

二〇一七・二・二十一

註：二〇一七年二月為恙蟲叮咬，以為感冒，經呂學劼醫師多問而發現；恙蟲病為須通報的管制疾病。

調色盤

稻禾屬於大地……

一、
小時候喜歡以嫩綠站在水中
白天，大方把鏡子分給天空的情人
她們以之裝扮而自由來去
夜裡，讓每一個月亮住進每一塊田
紀錄調色的配方

二、
當黝綠粗壯時

喜歡在乾涸的表土上
張開手肢密密織縫
一張遮住天空的大網
就可以捉藏沙沙叫響的五月風

三、

汲飲愛情的穗花開了
一粒穀子一片舌在芒種時弄舞
潔白是誠意的極致
儀式神秘而短暫
只有微風知道那樣即是永恆

四、

六月的劍葉開始草黃

受護衛的穀子也努力護衛它的孕育
不知不覺就披上如金的妝彩
於是陽光驚訝所有稻禾
竟是梵谷的顏色

五、

藍天白雲的七月
稻穗垂首辭別
素樸的母土
農夫以黎黑與汗水
完成這一季的彩繪

二〇一七・六・二十七

絕句一夏

一、夏蟬

我以翅膀你用文字
你有數十寒暑我只一個夏天
同是寧鳴而死
為何你貴我賤

二、烏秋

過於緩慢與快速的，皆非
世仇，就只單車上那人
在繁殖季節

烏秋用啄擊傳承基因

三、陣雨

當犯意升到最高點
心裡煎出汗珠
幾聲佛號灌頂
隨即一陣清涼的菩提菩提——

四、曬穀

翻開緊閉的溼暗
在陽光下攤曬
現代人大多不以這方式
讀一顆顆金黃飽滿的字音

二〇一七・七・十七

山與雲

什麼樣的關係如是若即若離
不論他把熱情悶成多茂密的滿頭青絲
極力炫耀脊直與胸實的線條
她在該飄著裙裾嬝嬝而去時
依然沒有回頭只留一抹白色背影

什麼樣的意志如是恆定
在經年的寒暑輪迴中靜坐
沒有嗔怨雖然有時累垮一邊肩膀
在她倦遊歸來攤開塵染的羽衣時

不風不動虔誠嗅聞她的艷遇

通常相聚短暫
在朝露消失前
她又從他柔軟的膝盤上騰起
揮一揮潔淨的衣袖
帶走他的眼神

二〇一七・十一・十三

黑板・説

在這裡住了三十多年
說我們不是原住民
發臭、有毒——
是美麗的錯誤
得驅之別處

颱風帶給我們的傷痕
能用時間復原
如刀似劊的話比颱風更颱風
不知道我們還能不能活下去

想起南哥當年盛情邀我們落戶
以直線、橫條和斜紋精算
我們的家出奇整齊
我們牽起四百多雙手搭建綠蔭
喜鵲、椋鳥們來來去去
老人悠緩的步履也來來去去
南哥卻走了
當年留在我們身上的板書
「一定要種的筆直，站在第一棵樹
不能看到第二棵樹」
叫遺忘擦得一乾二淨

在這裡住了三十多年
我們依然只是記錄陽光

細數風雨的黑板樹
不知道什麼是美麗
不知道什麼是錯誤

二〇一八・五・十

註：為宜蘭運動公園的黑板樹（三十年前陳定南任縣長時所植）而寫。宜蘭縣政府本有意移走，換植苦楝或欒樹；後因群情譁然而作罷。

龜山朝日

烏竹芳曾經遙看
紅日生於碧濤間
柯培元繼之讚嘆
在濺出一片雪花裡吞吐日華
陳淑均站在岸邊　對於十丈朝暾
把七種顏料畫在水波裡
久久不能言語　後來的
李望洋想像那是海表滾金毬
許多游宦來見
美言幾句就走了

總少說了一種味道　直到黃春明
嚐出那是蘭陽孩子失眠的原因
當陽光探出水平線
老漁夫已在紅霞裡奮槳
舢舨於曉波中來去
龜山島那副陰陰欲語的模樣
宛如倚門老母親
是多少遊子
哀愁或喜悅的所在

二〇一八・六・二十五

稻熟

一片金黃色交頭接耳
到處旅行的六月風也來攀談
從彎彎的穗姿
可以想見
他們和泥土討論的課題
是關於禾葉上那對豆娘
正默默實踐繁衍大事
田埂上的農夫
則以眼神凝聽所有的悄悄話
包含日頭正在演算

收割最佳時刻的
沙沙聲響

二〇一八・八・十二

牠說

高蹺鴴來了一陣子，牠說
紅塵是非不到我
管它顏色
隨它今昔
任它正義——

我沒有國界
只有天地！

二〇一八・九・十五

還有——記一隻單掌小白鷺

躲在車邊的人
偷窺我單足跳躍覓食的異樣
幾回，似乎興味盎然
是驚奇抑或同情
但確定他不知道：

我還有——
黑實的嘴喙
一雙凌空白羽
雙眼精確導航

又堪瞥見男子無聊的鏡頭

曾經爭風吃醋弄得滿身傷
跟在耕耘機的刀刃旁
都不怕丟失幾根羽毛
那時仍在，我的右掌
即使今天

我仍有
獨立蒼茫的一隻腳掌
幾塊鋪滿雲影的休耕田
無數蟲螺可與捉迷藏
附近農家的老竹圍

此外
我還有
躍跳天地的
一副靈魂

二〇一八・十・十

晨光

坐在圖書館前的臺階上
抬頭看見陽光
掛在對面三樓頂的邊緣
不理會我的凝視
它們悄悄往下爬
緩慢得難以察覺
在我眨一下讓眼瞼溼潤時
它們竟攀上簷邊的落羽松
繼續垂降
我像著驚的孩子

慌叫：光有手有腳啊——
沒人聽見，聽見了
恐怕要說那是妄想症

二〇一八・十・三十

註：二〇一八年十月中起，每週五晨間，教宜蘭高中一年十三班同學練習太極拳，於圖書館前等候學生時所見光景。

白翎鷥

飛過城鄉
白翎鷥獨立蘭陽
梳風　掠水
眼裡有遠山剪影
掌裡有平原的彩妝，總是
啄開蟲鳥草木和魚貝
啄開土地的記憶
竹圍邊稻浪金黃
老瓦厝的人情綿長
白翎鷥穿梭田莊

一一寫進皎白如霜
以天地作封面的羽書

二〇一八・十一・七

借過

水對石頭說
借過一下
石頭回答
請便
於是有了一樁美事，叫做
清泉石上流

人們入山時
沒有說借過
山則靜默

於是有了產業道路和文明垃圾
積鬱的山突然嘔出東西，叫做
土石流

二〇一八・十一・十二

南蛇的疑問

地球北半的
島嶼北部的
縣城北面的
小村北邊的
圳旁北側的
小徑傍晚
一條南蛇
正惱於今天收穫太少急著回家忽然虛弱得無法
蛇過三公尺的路寬

昂首
吐信
弓起上半身
圳溝在後
草野在前
渾身使勁
卻只能左右扭動
下半身緊緊遭路面咬住
那草野中的家愈來愈遠
驀然回首
迷濛的視線裡猶有落下的塊石

（片刻前）
一群男女驚叫

叫聲與石塊如雨
到不了家的南蛇
有最後的疑問
我只是要回……

二〇一九・一・十四

留一方雜草

沒有玫瑰和蘭花之屬
九尺見方的園子
咸豐、昭和、藿香薊、ㄚ字草一族
如在安倍晴明的庭院
盡是不招自來的住民
它們的默契——
高低錯落不遮蔽誰的陽光
左搖右擺不侵擾誰的空間
白天給蜂蝶喧鬧
夜裡讓蟲蚓鳴唱

任喜歡塗鴉的四季自由調色
是它們的慷慨
但慷慨的莫過於簷下那人
不種樹不栽花

二〇一九・一・十九

註：老人家噴除草劑把種在院子邊的木瓜苗噴死了，有感。

一架白翎鷥

巡天文察地理
伊知影什麼是好所在

白翎鷥
飛過蘭陽的厝頂甲田墘
歇佇咧大港邊
伊講的故事真趣味：
這搭的人
勤儉熱情閣古意
不驚寒熱不管日暝

挽茶採果種出越光米

白翎鷥
飛過樹林循著濁水溪的聲勢
歇佇咧五結的傳藝
看過的物件真正濟
這搭的人
額頭若親像刻著仝款的字畫
毋管出外抑是踮在地
士農工商攏愛伊的土地

飛懸飛低看山看海
水甜有情就是好所在

二〇一九・一・二十九

落英

一、

其實，是身不由己
飄落時遭流水綁架
幸運的被李清照救起供在宋詞裡
任相思隨波去
如今也將近千年

二、

喜歡遊戲文字的詩人
不忍她污朽

化作春泥的讚美
如今也成了他們性情裡的基因

三、

都知枯榮本來自然
相逢必有辭謝
但見車道上輾糊的落花
依然引人同碎的心悸

二〇一九・三・十

稗子

一個小逗點
點在水田的冊頁裡
靜靜守候
即使歷經翻攪、割刈、藥殺
當秧苗寫成行列的春天
它就厠身文句間
讓農夫讀不出異樣
孤獨而專心——
直到挺出群禾
吐穗結實

化千作百
即使循環的劫難再度降臨
一粒稗子　註解了
生命的巨大

二〇一九・六・六

貢寮割稻記

非書不可上看見楊振鑫
求救助割，他的一塊七分多地田區
已經滿頭金黃的臺南十三號稻穀

當我走進貢寮有個雙玉美名的山谷村落
陽光、鳴蛙、夏蟬、五色鳥和野溪的水唱
更別說綠色山林
相迎，皆過於熱情
來自蘭陽平原的我
卻已生疏手工刈禾的功夫

赤腳，十趾沒入黃土與田水
彷彿遇見故知，它們叨絮了整天
在這塊收割機不來
還停在前世紀的梯田

屈腿、彎腰低頭　即使酸疼
那是向土地獲取的姿勢
稗草、水丁香、他的呵笑
不驅趕偷吃的鳥雀
他左手托住玉美人
那親手栽植的西瓜　右手
以鐮刀剖成四周，我們坐
在田埂上，紅瓤和瓜子配著話語
孤而不獨，正是

自然必定友善的注解

十年前回鄉的原因已經淡忘
大約是父親過往，田園將蕪
喑啞的阿叔乏人照顧
長子的性和命……
那些話是酵母在我心裡釀造
真正的滋味藏在裡頭
我隱約聞見念惜鄉土的芳香

我們身上都沒有現代度量器
陽光和枵腹便是正午的鐘聲
幾度邀我回家用餐
我說，想躺在路邊那座土地公的廟埕上

自備的大飯糰佐以山青林綠
撒上幾種鳥聲醬料
在村人敬獻的一炷素香氤氳中
足以腆腹
足以午眠

他再來時，灌滿我瓶罄，以坪林的
有機文山包種茶
並坐土地廟階上，話茶轉入野溪
他胸中的細胞被喚醒
他的聲情是溪水轟響
憶當年橫眉冷對
里長所謂專業、遠瞻的預防性整治工程
他是獨立蒼莽的俠客

雖千萬人往矣，單槍匹馬
護存了百年野溪的貞操

日昃
鳥漸歸巢
收刀坐田埂
他說明晨再和阿叔以傳統機器桶脫穀
我們放倒的稻禾不過七分之一
明日我將不在這裡的簡單裡
卻有複雜的悲憫
臨別，他掏出皮夾說
笑納一點油錢
我直愣片刻訝然失笑
揮一揮衣袖

一日貢寮助割
收穫最多的竟是疲勞肉身裡
那起伏不已的胸臆

二〇一九・八・十八

輯三

人間

場邊

候診室前如流的走廊
帶口罩的童稚跳房子蹦過去
一對老人蹣跚移動
露出枯乾頭臉的擔架滑過，偶爾
也有穿短裙年輕女子趿拉著夾腳拖
眾生芸芸
唯獨那位老人
在牆邊落座
俯首閉眼，不久
鼾吟一首乏人欣賞的安眠曲

二〇一四・八・二十三

賣《大誌》的阿伯

曾經有過別人給的釣竿
經不起現實波濤而腐朽
於是流浪起江湖，久了
被叫做街友
風來也瀟灑
雨去也瀟灑
冷熱是練成銅筋鐵骨的秘笈
肚腹也在有一餐沒一頓中堅強
就是左胸膛始終是罩門
時不時被戳得滿身傷

直到開始擺起《大誌》
坐在路沿，抬頭
等待眼裡有陽光的人

二〇一五・二・十

烏石港

烏石港、愛迪生、世界第一張照片
在一八二六年相遇，此後
石港春帆如雲
追尋吳沙足印的人紛紛上岸
商旅百貨似潮湧
盧家宅第前的頭圍內港
人聲鼎沸，十三行
以紅磚拱柱寫下繁華
只是洪水與泥沙悄悄集結
一八八三年轟然襲掩河道與港口

幸好六十年風采
盡為狂人李榮春
留影在《和平街》裡
直到一九九〇年後
烏石港變裝從幕後走出來
一座單面山出土
一粒蘭陽博物館的種子發芽
衝浪與搶孤和諧相處
鯨豚和龜嶼玩起捉迷藏
烏石不孤　雲帆依舊，以
青春的姿彩
創意的款樣

二〇一五・十・二

註：烏石漁港位在頭城北端，西元一八二六年（道光六年）開始啟用。港內有巨大黑色礁石，故名。曾是宜蘭的第一大港，為宜蘭最重要的水路要津；全盛時期，更有河道直達頭城慶元宮及盧宅前的十三行，商船雲集的盛況，而有蘭陽八景之一『石港春帆』的美稱。一八七八年的洪水氾濫，泥沙淤積；一八八三年一艘美國大船擱淺，烏石港從此沒落。直到一九九〇年後，重新整建成兼具觀光的漁港，如今是賞鯨、龜山島往來的要津。烏石港擴建之後，因突堤效應，海沙不斷累積在烏石港以北的外澳地區形成沙灘，而為衝浪聖地。二〇一〇年蘭陽博物館開館，黃春明老師有詩〈有一粒種子叫蘭博〉。農曆七月底烏石港區內會架起孤棚與飯棧，舉辦一年一度的頭城搶孤活動。飛行傘基地在附近山上，飛行運動正在起飛。

山海的見證

如比翼
並肩在仰望新年的起點
情意許是天地長久安排
如今確實知曉攜手前行的神聖
以濤聲祝福的大洋天籟
以蓊鬱明喻的雪山風采
山石也堅持見證
所有誓言和祈禱是不竭的恩典
我們蘸成墨水寫一部
俊聲清劭的詩三百

從關雎到執手
從執手到偕老
字字句句都深刻
無風無雨的同心上

二〇一五・十二・二十八

註：二〇〇四年於宜蘭高中畢業的學生陳意曉，獲美國衛斯廉大學全額獎學金，後就讀哈佛研究所，二〇一五年十二月三十一日於宜蘭一處濱海民宿與劉思劭結婚，請我當證婚人，乃作詩一首於婚禮二〇一五年十二月三十一日中誦讀祝福。

短遊猴洞坑溪

後來的——
都不是成群或獨往的獼猴了
但他們仍然難掩本性
諸如手腳並用
爬上磐石
聲嗽放縱地跨過矜持的圍欄
與溪流爭舌
甩掉長期豢養白皙腳丫的玻璃鞋
伸進已非前水的水
以腳趾探詢自然的體溫

或者臥躺石上
任雲彩在樹影身上素描
他們溫習了獼猴的一些作為
在很久以前猴子洞集的山溪

二〇一五・五・十

註：猴洞坑溪發源於四堵山東麓，全長五公里，是礁溪鄉重要河流之一，也是頭城、礁溪之界河。上游一公里左右屬礁溪鄉，中、下游則屬頭城鎮。有猴洞坑瀑布，位於礁溪鄉白雲村，傳說早期有獼猴居石洞，因名猴洞坑；又稱圳頭，現名白石腳。一九一七年，因農田灌溉以及防洪，因而修築堤防、圳道。

牙科診間

真與假的戰爭
就在眼皮下悄悄進行
所有的哀嚎都被忍住
各式短兵，相接
伴隨極尖細的音效
恐懼了抵抗者所有防備

漱掉血紅
以為雲淡風清
終於可以解甲而歸

卻隱約有聲音傳盪——
最後倖存的
只那個名叫時間的傢伙

二〇一七・一・六

河堤

不該以之規範
河流，自有它們的旅程

故堤岸的功能——
是爬坡賽場
看誰的青春
最先抵達終點
通常是一群難分軒輊的雜草

是鷺鷥的高級摩鐵

天廬雲幕，不只可以高踞
也獨立思考下個航向
但啟帆之前得卸下腸腹裡的負擔
圖一幅到此暫遊的抽象畫

是差肩的舞臺
彼此揣撫心跳聆聽體溫
指讀對方的輪廓
直到他們驚覺——
瞇眼偷窺的弦月
曳著尾燈的火金姑
星子在竊笑
他們才速速離去
徒留終夜八卦的河水

二〇一七・九・二十四

話說

一、然後
必須然後
才有下文
再以然後承上
本不該還有然後的
但因為被豢養成一頭
永生的怪獸
如福壽螺的繁殖
然後……就到處都是
然後

二、對
不論是非
先肯定說對
不管曲直
終究說對
即使有些疑慮
即使沒有任何人提問
先對再說
到底對或不對
哦，對啊——

三、這樣子
月亮，這樣子

太陽，這樣子
流雲如何瀟灑揮一揮衣袖？
這樣子！
什麼時候說話成了那樣子
就——
這樣子

二〇一七・十・十三

看招——太極拳想像

一、掤履

彷彿日頭尾隨月娘
有時近，大多時候
遠遠地距離出美感
偶爾月娘擰腰回眸
蕩起澎湃雲氣
若有似無的勁道
風靜了，天也青了
陽光燦笑得無比斑斕

二、擠按

看似兩片樹葉緩緩飄落
動的其實是枝條
看似枝條催引
動的卻是堅實的主幹
看似靜默的主幹
沒人察見的振盪
竟自土裡的盤根

三、單鞭下勢

化作山溪，往低處潛行
所有的科坎在屈身、穿掌中逐漸飽滿
那不是孤單的路
有天有地還有悄然的水聲

四、雲手
直到有一顆柔軟的心
才得摶氣在手
兩掌流動陰陽，成風成雨
十個指尖觸及山崖和雲裾
竟山水了起來

五、金雞獨立
微曦晨霧中
蹲踞成團的是什麼
盤古開天闢地的起手式？
或只是宿醉未醒的頑石？

微曦晨霧中
又緩緩站立的是什麼
許是正在整翅的鳳凰
或昨夜一棵獨木破土而出

哎呀，不必識問
存在於空間的存在
說那是金雞獨立的人
一定是自以為高手的傢伙

二〇一七・十二・一十三

題「媽媽快餐」店

出菜真緊不是趕，
緊中有慢，慢者是
清氣的食材佮碗鼎，
料理健康好手腕。
攏是祖傳，號做
阿嬤阿娘的心晟。

二〇一七・一二・二九於宜蘭市女中路三段用簡餐

註：佮，和也；心晟，心情。

老人與老狗

三支腳的老人
三隻腳的老狗
蹣跚地從濛濛晨暈裡，每天
和諧走來
相同時間相同欒樹下
老狗微蹲
老人彎腰伸出戴膠套的手
擠壓直腸脫出的老狗下腹
於是黃金落地
老人收拾後緩緩而去

少有人發現這幅晨間
最美的風景

直到驚覺風景裡不見
老人和老狗
聽說他們移居異鄉了
在那裡——
老人無需枴杖
因流浪而車禍的殘肢已痊癒
那手腳健全的敏捷老狗
在老人身邊跑繞
在欒樹開滿黃花的季節

二〇一八・二・二十八

後記：三個月後，驚見毛髮比先前黑亮一些的老狗，領著老先生從欒樹下走來。原來是老先生被機車撞上，肋骨裂傷，休養了三個月。雖是誤傳消息，但如實記錄當時心情。

流浪者之歌

小小的觀景臺是今晚的旅店
掛滿家當的坐騎累倚欄杆——
抱歉，我的單車
就讓夜露洗滌你一身紅塵
借幾顆星光放映你南征北討的紀錄
那群整晚竊竊私語的冷風
徹夜與紅樹林攀談的鹽水溪
相對而言
雖然偶有瞌睡、紋我小腿的蚊
直到天光捻熄自己為我蓋上被子前

我都是最安靜的觀眾

醒來第一件事
管他——
一對五彩車衣的青春從不遠處的都會而來
一個配備齊全的中年在拋竿
掛耳機不停扭腰擺臀的少婦
我就站在岸邊
把昨日你我吞下肚腹的所有酸鹹
堅挺地一併洩出體外

第二件事很確定
我們的自由度該名列榜首
那群野鴿子、八哥和樹雀

五六隻各據各點的流浪犬
正等待我們不屑的好心人餵食
不要錯覺流雲是無拘無束
它們不過是風的懸絲

抱歉，我的朋友
要啟程進行第三件事了
尋一塊舒軟皮墊修補你磨損的鞍
減少我的瘦體對你造成的負擔
當然，安撫叫囂了一夜的胃腸
是今天最不重要的事

二〇一八・二・二十八

朱槿

小時候
掛在厝邊的
一盞盞大紅燈仔花
仍在記憶深處燃放
於是經常化作蜂蝶
採集，不只是童年的花蜜
還有千迴百轉後的
滋味

小時候

摘取綠籬上
一朵朵的羞赧紅顏
依然簪在鬢間
於是不時攬鏡
揣想，不只是長大的模樣
還有東漂西泊後的
初心

二〇一八・五・二十七

掃杳

頑皮的九芎葉
攀住客人鞋底溜進紅磚屋
屋裡好奇的百果樹葉
禁不得逗引，和他們
鑽出木拉門的隙縫
拿風當繩子玩跳起來
顏色的是波浪
起伏的是琴聲

累了就躺在木板道上

不理睬微風的撩騷
他們的睡姿沒有幾何
光影倒有濃淡
布成一座可以俯視的星空
兩三隻麻雀闖進來
擾動銀河
星星們翻一翻身

拿竹帚的人站著呆看
久之，化作一尊雕像
直到領班的來斥喝
所有美學便一哄而散

二〇一八・十・三十

眼睛的季節

——拾記二〇一八「第十三屆悅聽文學」
八十多歲的黃春明說：我有恐龍多好
戴黃色小帽騎牠上學校
那是眼裡有春風的我

簡媜說科羅拉多洲的公園
人們如何靜肅於一片白楊樹前
我是秋風，是遊客被金黃奪去的雙眸

陳義芝的聲音響起：有人在嗎……
地震現場都與他齊喊，在嗎？
那是雙眼被寒風凍紅的我

楊澤開口跳起新寶島漫波的舞步
如一列慢車經過稻田、經過童年
那是夏日，瞇眼迎著夕陽從外婆家回來的我

宇文正摺一朵雲放進信封
快遞給友人，當它化為快雪
正是逐日許久、午后焦渴時的我

黃春美站在最慷慨的榕樹下，憑弔
嬌養了數十年卻被電腦駭客劫走的文字兒女
那是晨光中看見大樹的動物性格，思考如何放下的我

很難置信，他們的
文字竟躍出紙面潺潺流進眾人耳朵時
我的眼睛嚐盡四季與晨昏的味道
降下甘霖，滴灌心田上初栽的幼苗

二〇一八・十一・二十一

註：黃春明老師於二〇〇五年創辦《九彎十八拐》文學雙月刊，月刊滿週年時則在宜蘭舉辦「悦聽文學」活動，邀請作者、讀者、民眾以聆聽的方式，感受文學作品的另一種滋味。二〇一八年第十三屆悦聽文學於十月廿六、廿七日舉行，邀請了簡媜、陳義芝（活動召集人）、楊澤、宇文正、黃春美等作家參與，分享他們的名作。黃春明有〈我有恐龍多好〉、簡媜〈風中的白楊樹〉、陳義芝〈有人在嗎？——臺南震災最後搜救〉、楊澤〈新寶島曼波〉、宇文正〈快遞一朵雲〉、黃春美〈我討厭榕樹〉、〈我喜歡榕樹〉、〈駭客入侵〉等。

穿衣

讓花
開成一件衣裳
讓自己
開成一朵花

二〇一九・一・二十七

衣之頌

雲錦水文
南畝阡陌
林表的曙色與暮靄
設計師們採集之後
出以別裁
你以慧眼
把美麗開在身上
有時，清芬的百合
有時，遠香的睡蓮
間或空谷幽蘭

華艷如紫荊也無妨
那些心情也就層層漣漪
在眾人的眼裡蕩漾

二〇一九·一·二十八

衣裳

行雲是河水的衣裳
天光是青山的衣裳
花樹是大地的衣裳
人們的呢？別出心裁
拿它們輪番在身上衣裳

寫給臺灣布衣 二〇一九・一・二十八

點名

走路　在
坐下　在
睡覺的呢　在
吃飯　在
穿衣　在
看書的呢　在
朝山
上廁所

發呆的
都——在
只有滑手機的確定
不在

二〇一九・三・十

點絳——關於《九彎十八拐》封面

往桃花源得一路彎彎拐拐
在繽紛的文字小徑後
老頑童把栽種文學籽苗的天地
叫作九彎十八拐
雖然素顏最真最美
惟恐武陵人不知問津
於是以箸頭蘸上紅泥
一點成妝，僅此如小指輕捺的胭脂
該落在哪裡
額上　唇緣　眉角　或頰窩

老頑童費心思量
至今有八十五個不同位置
都因老頑童的眼神
千儀萬態
點絳，是一座溫柔的燈塔
輻射一張張光芒的邀請
邀請讀者尋來
一杯茶香或咖啡，坐收
每一期的風景

二〇一九・三・十

公園無虎

大安溪走到卓蘭時，痛了
八千萬次，林草溼地的皮肉被剝除
機具刨挖，石磊圍填
無聲叫疼，只有
石虎知道

他們認為陣痛是必要
狼吞石虎的覓食廊道
嘔出一座以牠造型的
溼地公園，人類

就要來了，石虎
就要走了

公無造園
公竟造園
造園無虎
當奈公何

二〇一九・四・二十一

註：二〇一八年底，苗栗縣卓蘭鎮「大安溪濕地公園」建置工程已完成九成，但被質疑破壞石虎覓食區，因遭抗議而停工。

咬合

牙醫師說，咬一下
上面的猶且堅持
下面的的仍未妥協
以治玉石的高規格
幾番琢磨
牙醫師說，再咬一下
上下終於盡釋前嫌
合作愉悅
編貝工程乃告竣

有一張大口
齒牙無數
上下相抵的
左右互斥的
齟齬是家常便飯
殃及唇舌皮破血流
名醫紛紛走出診間投入醫治
各色診療團隊策略盡出
互尬技術
舞臺上搬演十八般武藝
掄臂砸拳、口沫橫飛
結果——
不齊的更形參差

即使敦請擅齊物論的莊子
也只能束手，去
作蝴蝶夢

二〇一九・五・一

酸

情人心裡窖了一罈醋
情話酸酸甜甜
久之，酸多於甜
嗆得七竅生煙

朋友間也各揣了一罈醋
偶爾溢出來
正刮左削，說是
互相漏氣求進步

政客不需要醋罈子
信手拈來無物不成酸
酸人賣臺
酸人是孫悟空難逃如來掌心
酸人是帝王思想
酸人顧腹肚不顧佛祖……
都莫酸於發酵自己
說金錢外交是協助落後國家
貪藏數億卻說不愛身外之物
把酸練成武器
一揮手，臺灣人
都酸了

二〇一九・五・一

幸福

鄉野路上，每年
五月，有一種恐攻狙擊
來自樹梢或電線桿端
行人太慢汽車太快
腳踏車者的頭頂最適合
被瞄準，小砲彈黑亮
單發，或左右交射
一律伴隨尖銳的哨鳴
彈不盡、援不絕
騎士大都抱頭逃竄

唯獨那人頂戴鴨舌帽
不疾不徐任砲彈飛舞——
他知道那是恪行維安任務的必然
就寂靜的春天而言
慨然夏日裡，被烏秋驅啄
乃一樁幸福事件

二〇一九・五・二十一

註：《寂靜的春天》，作者是美國海洋生物學家瑞秋・卡森，於一九六二年出版。這本書促使公眾普遍關注農藥與環境污染，也讓美國於一九七二年禁止將DDT用於農業上。（節自維基百科）

鴿子

如果我是一隻
羽翼自由的鴿子
絕不羨慕那些同類住的鳥房子
高踞市郊、田野的屋樓頂處
經常固鎖如監牢
我寧願風餐露飲
也不留戀那些檻舍裡的水糧

如果我是一隻
羽翼自由的鴿子

不禁哀憐起那些住鳥房子的同類
受紅旗、沖天炮制約
背負主人的賭金練飛
什麼戲風弄雲的滋味
只能在夢中假想

我不是一隻鴿子
卻擁有自由的羽翼
有時在榆樹上
有時在山澗旁
人間煙火也在眼裡
川來流去

二〇一九・六・六

那口井——在吳沙故居懷想

乘海峽的風
破太平洋的浪
烏石標記最宜上岸的港灣
吳沙還年輕適合率領兩千人
忘路遠近
忘年已六十六
一斗米，丈量意志的寬度
一柄斧，斫去平原的榛莽
鑿井，水安甜了漂泊
夯土，牆倚靠了疲憊

時光淘洗兩百多個春秋
如今，早讓缺憾
還諸天地，唯那座
古井不枯——
思念還清澈泉湧

二〇一九・六・三十

註：受邀參加二〇一九年六月二十七日，佛光大學與吳沙基金會共同舉辦「吳沙文學微旅行」活動，因有感而試作兩首，此其一。

夫人還在——莊梳娘墓前凝想

柏樹在田頭打起一把傘
夫人坐看　收割前
祭拜后土、地祇神明
子孫川流成美麗的
風景，一片金黃心情
是一七七三那年執吳沙公的手
渡海入荒　斬棘披荊
汗水澆灌兩百五十年
即使送吳沙公回三貂埋骨青山

勤慈的巾幗十載不住閒
墾四圍、拓五圍
即使一八〇八年得以在此歇睏
雙眸仍凝視東北方的身影
夫人猶在　　在塍邊叮嚀
守土傳家的遺緒

二〇一九・六・三十

註：莊梳娘（一七五一——一八〇八），吳沙夫人，字勤慈，享年五七歲，依其囑卜葬於今四城故宅後田陌旁。

輯四

無邪

擊鼓

——贈Windaway Wu、Sunniva Liu

啟帆了
我們用愛打造的
子菁號　航向
生活與生命的大河
成說與偕老是船槳
風浪裡有現實也有真理
不論舟行緩急或高低
永恆的水平線指著

幸福不在彼岸
只在你我溫柔的眼眸裡

二〇一四・七・二十六

註：啟帆、子菁兩人於二〇一四年七月二十六日結婚

宜蘭「旅・二手書店」

終於尋見
樂音和書香呢喃的老地方
咖啡總是想插嘴
卻敵不過探進頭來的陽光
和徐風，如許久不見的故舊
隔著窗櫺迫不及待寒暄起來
看似各就各位，其實不然
這些駐足的旅行家早已熱絡交換心得
關於身上各色彩裝
深居扉頁裡的隱士也紛紛露臉

抖落飽滿古意和遊歷的風霜
任由屋內簷下眾多盆栽仰頭提問
當路上行人腳步變得悠緩
叫囂的車子也慢鈍下來
我才驚覺
這是一處易容得不容易發現的
時光出入口

二〇一四・八・二十三

關於11路車

對這即呼即來的便車
當了五十多年任性乘客

馳過村落農田
跨越溝渠、大圳、小河、洪流
和城市的煙塵擦肩
與山徑旁的九芎錯身
為了與日出捉迷藏
即使山巔雲腳
更不用說千里之行

沒有戰役不是風光凱旋

少年時掛上「速度」車牌
在乖逆間穿梭換檔
青春期則換上「彈性」，總在
那位長髮女孩出現時縱跳自如
當疊在肩上的甜蜜負荷愈多
壯年的「穩重」於是成為新標誌
直到不得不換上「悠緩」的告示
那些軸承和關節已經磨損

老天以一件事故主持晚來的正義
讓它輪破——
讓它折骨——

從不曾低頭表示謝意的乘客
才在不良於行中
感激涕零

二〇一五・三・二十六

不認

即使
為了看清楚那本詩集
字句戴上老花眼鏡
為了敲寫三行詩
鍵盤呆愣十分鐘
為了卒讀一篇五千言
小說坐折了腰
我也不認

雖然

真牙只佔據山頭一半還在節節敗退
讓腰閃了的那箱不算重的書
三公里腳程多費半小時
膝關節不時沙啞抗議
一招單鞭下勢練成高探馬
如此，我也不認

還有一畦土要種上菠菜
馬偕還在宜蘭的泥路上
宜蘭的日本時代還沒結束
一首不認的詩也未敲成
怎就認了——
離考不遠的老字呢？

二〇一七・一・十六

註：二〇一六年終，有吳永華著《馬偕在宜蘭：日記、教會與現場》；林正芳著《宜蘭的日本時代》。兩本書都還在閱讀中。

宜中魂

是傳說，也不是
ＨＢＬ千人加油現場，間雜一群老中青學長
喧嘩聲後不留一片垃圾
唯遍地溢出的
熱血與熱淚

捐石勒銘的
把美學雕塑給紅樓
以越野賽跑為由的
把淡淡的心思湧作浹背淋漓

設獎助、組球隊的，甚至
在寂靜的黃昏徘徊五葉松下
撿拾梅花廣場上的足拓
在椰影裡佇立
彷彿還在爭論誰的汗臭，他們
都有一條不曾消逝的繩繫

是抽象，也不是
曾經，覺得它只是口號
月久年深之後
青春化作黃髮與皺褶
所有宜中人的血液
總是聞之沸騰
這名叫「全校一家」的

宜中魂

二〇一七・三・二十四

註：宜蘭高中以「全校一家」為校訓，在校或畢業者，都稱作「宜中人」。

火金姑

勿使太光，也勿使盲目
適合發酵的暗暝
微光來照路
尾隨閃爍，不經意踩著了自己
遺落的心跳聲
藏在夜色的羞赧
而眼角不時瞥見
明滅間其實不明不滅的
童玩聲影，和原始以來
那些被包裝得過於拘束

都叫火金姑
燎爐一片荒野

二〇一七・四・二十七

念頭

不知道是想著醒來
或是醒來想著
在刻意不想時
如風
如呼吸
如影
隨行

二〇一七・十・二十三

消失了

消失在茂林修竹
消失在庭閣曲徑
消失在楹聯上的晉唐法帖
在鳥鳴蟬唱中
在榕園的葉落與竹鈴聲間
更在星月交輝的夜空
卻遇見了——
林中靜坐的子綦
池邊看鵝的右軍
在南亭遠眺的七賢

還有甩落市囂塵埃的那個
消失了的自己

二〇一八・五・三十宿新竹南園一日夜

相許

——寫一只桐花茶甌

我從後主的懷中出走
你乘盧仝的清風而來
在此相遇豈是偶然
若非千載的守候，年年
以五月雪宣示潔白心情
如何在火煉之後
烙在你玉石般的肌骨上，同感
體溫與茗香

二〇一八・六・十一

註：

李煜〈感懷〉

又見桐花發舊枝，一樓煙雨暮淒淒。
憑闌惆悵人誰會，不覺潸然淚眼低。
層城無複見嬌姿，佳節纏哀不自持。
空有當年舊煙月，芙蓉城上哭蛾眉。

盧仝〈七碗茶歌〉

一碗喉吻潤。
兩碗破孤悶。
三碗搜枯腸，惟有文字五千卷。
四碗發輕汗，平生不平事，盡向毛孔散。
五碗肌骨清。

六碗通仙靈。
七碗喫不得，惟覺兩腋習習清風生。

有個地方

有個地方
沒有人煙
除了自己一對足跡

那裡有幾簇
與一般相似但灰白些的雜草
此外，多是裸石裸土

那裡豎有幾道問號
是無解的寂寥

長成多年生的木本植物
自語聲在空氣中錯落
現在的，常不小心撞上過去
至於未來的，還在孵育

這不是落難的地方
但有些傷口，只能
自己慢慢療癒

二〇一八・十

多久

多久沒有凝視
山嵐曼妙的舞姿
多久沒有諦聽
簷上互應的的啁啾
好似睽違一輩子
眼耳鼻口堆疊過多的塵垢

多久沒有照鏡子
不為刮鬍剪髮
不為正冠結領

彷彿今生還不曾從容站好
在鏡前端詳叩問
不惑否？知命否？耳順否？
那張藏在心裡的老臉

走過的櫥窗、車窗、擦身的
每張表情，都是
一座山一面鏡子
而最方便的
究竟有多久沒有走近照看
自己——這座山這面鏡子

二〇一八・十・二十一

心情

一、
並非臉上
她的心情大都縫進
上衣下裳

二、
心情的四季其實分明
一襲衣裳預報了
所有的氣象

寫給臺灣布衣　二〇一九・一・二十九

日常

梅子茶微酸的記憶猶新
今天換了菊濳茶
昨天是淡淡甘味的牛蒡
明天呢，她已焙好黑豆玄米了
蝶豆花、咸豐草、香茅也在排隊

她每天的早課
洗壺　注水　點火　煮沸　置茶
茶香御風而行
逐一喚醒家人的每雙，昨夜

或許微慍微怨微戚的惺忪睡眼
經由喉吻煨暖了腹腸，才醒得
日常生活中
沒有小事
一樁一樁都稱
大事

二〇一九・四・二十一

有風吹過

我在演習的軍艦上
她在遠方我的故鄉

夏日的海面，有風
把她的故鄉彎裡吹來眼前
當彎裡平舖柔軟的沙岸迎接夕照
我走下軍艦試踩它的熱情
果然，她母親就在沙岸盡處
彎裡街上倚閭遠望

洗去艦上三日累積的
汗垢、沈悶、孤寂和思念之類
填滿空虛的是
她成長的老厝
虱目魚粥　雙粿潤　土魠魚　牛肉湯……
她母親看我狼吞虎嚥的微笑
如我母親

如重生　如補給了全副裝備
再歸建踏上未竟的演習之路時
回頭，這裡的母親
在風中有清晰的聲顏
一如灣裡的夕陽入海前

微笑地對我說再見

二〇一九・五・一

註：丈母娘於二〇一八年十二月十一日仙逝。憶起一九八七年海軍陸戰隊參加登陸演習，登陸臺南市灣裡海邊，正是妻子成長的故鄉；並受熱切招待，一生難忘。此際倍覺一切因緣有數。

渴望

白雲失去天空
黃花辭枝
愛情被婚姻放逐
渴望，就誕生了

雖然——
只是一道眼神
不經意的掌背相擦
一餐並肩而坐的晚飯
順手遞來蓋在肚皮上的一件薄被

都隨著日子把平凡堆疊得愈平凡
渴望卻愈深了

深的不只有渴望
比渴望更深的存在，叫錯過
過錯以歉疚為包裝
歉疚佯裝無事
共推渴望作先鋒
斥候、觀察、試探的任務
一日數回

天空仍然敻遠
黃花已成護泥
愛情是否找得到回來的路

只有渴望的人知道

二〇一九・六・六

生活

白雲塗鴉天空
磚瓦以綠苔寫晨昏
老樟樹仍有青春
我們錯身頷首
幾句平常問候
糝上調味的日常
就叫做　生活

與時間起床盥洗
順便將昨夜的淚痕妝成腮紅

嚥下溢出的胃酸
把自己的影子踩在腳下
偷偷預習將派上用場的
笑臉　那些時候大多不是自己
也叫做　生活

看似一道簡單的四則運算
在現實上灑些月光
卸下幾塊堆得太尖的石頭
每件事都乘以往好處想
把算計除得一乾二淨
這需日日演練的習題
才叫做　生活

二〇一九・七・十七

讀詩人132　PG2383

執手
——在蘭陽平原

作　　者	吳茂松
責任編輯	許乃文
圖文排版	周怡辰
封面設計	劉肇昇

出版策劃	釀出版
製作發行	秀威資訊科技股份有限公司 114 台北市內湖區瑞光路76巷65號1樓 電話：+886-2-2796-3638　傳真：+886-2-2796-1377 服務信箱：service@showwe.com.tw http://www.showwe.com.tw
郵政劃撥	19563868　戶名：秀威資訊科技股份有限公司
展售門市	國家書店【松江門市】 104 台北市中山區松江路209號1樓 電話：+886-2-2518-0207　傳真：+886-2-2518-0778
網路訂購	秀威網路書店：https://store.showwe.tw 國家網路書店：https://www.govbooks.com.tw
法律顧問	毛國樑　律師
總 經 銷	聯合發行股份有限公司 231新北市新店區寶橋路235巷6弄6號4F 電話：+886-2-2917-8022　傳真：+886-2-2915-6275

出版日期	2020年3月　BOD一版
定　　價	260元

Printed in Taiwan

國家圖書館出版品預行編目

執手——在蘭陽平原 / 吳茂松著. -- 一版. --
臺北市 : 釀出版, 2020.03
面； 公分. -- (讀詩人 ; 132)
BOD版
ISBN 978-986-445-382-5(平裝)

863.55 109002158

讀者回函卡

感謝您購買本書，為提升服務品質，請填妥以下資料，將讀者回函卡直接寄回或傳真本公司，收到您的寶貴意見後，我們會收藏記錄及檢討，謝謝！如您需要了解本公司最新出版書目、購書優惠或企劃活動，歡迎您上網查詢或下載相關資料：http:// www.showwe.com.tw

您購買的書名：________________________________

出生日期：________年________月________日

學歷：□高中（含）以下　□大專　□研究所（含）以上

職業：□製造業　□金融業　□資訊業　□軍警　□傳播業　□自由業
　　　□服務業　□公務員　□教職　□學生　□家管　□其它______

購書地點：□網路書店　□實體書店　□書展　□郵購　□贈閱　□其他

您從何得知本書的消息？
　□網路書店　□實體書店　□網路搜尋　□電子報　□書訊　□雜誌
　□傳播媒體　□親友推薦　□網站推薦　□部落格　□其他__________

您對本書的評價：（請填代號　1.非常滿意　2.滿意　3.尚可　4.再改進）
　封面設計____　版面編排____　內容____　文／譯筆____　價格____

讀完書後您覺得：
　□很有收穫　□有收穫　□收穫不多　□沒收穫

對我們的建議：________________________________

____

____

____

請貼
郵票

11466
台北市內湖區瑞光路 76 巷 65 號 1 樓
秀威資訊科技股份有限公司 收
BOD 數位出版事業部

（請沿線對折寄回，謝謝！）

姓　　名：________________　年齡：________　性別：□女　□男

郵遞區號：□□□□□

地　　址：________________________________

聯絡電話：(日) ________________ (夜) ________________

E-mail：________________________________